Luzius

ein Rentner wie er im Buche steht

Du hast gegen die Tücke des Alltags gekämpft
– gegen Dich selbst – gegen die Menschen.

Und Du hast nicht verloren sondern das Lachen
der Menschen gewonnen in Deiner männlichen
Kindlichkeit und Ernsthaftigkeit, die Dinge
anzugehen.

So jemand wie Du kann einfach nur weiterleben!

Wir lieben Dich

Ingeborg und Petra

Ingeborg Fritsche

Luzius

ein Rentner wie er im Buche steht

Geschichten nach tatsächlichen
Begebenheiten erzählt

Mit Illustrationen von
Petra Fritsche

© 2003 Ingeborg Fritsche
Herstellung und Verlag: Books on Demand GmbH, Norderstedt
ISBN 3-8334-0436-1

Inhalt

Vorwort

Dieses Buch ist von einer Frau geschrieben, die nach der Pensionierung ihres noch vitalen Mannes versucht hat, aus diesem einen guten Rentner zu machen.

Was dabei herauskam, das sagen die folgenden lustigen Verse, die für sich in Anspruch nehmen können, **wahr** zu sein.

Luzius, ein Rentner, wie er im Buche steht, ist der typische Senior, der nicht beizeiten gelernt hat, mit seiner Freizeit umzugehen, und der aus diesem Grund ungewollt die Dinge des Alltags in seiner tragikomischen Art auf den Kopf stellt.

Kurz gesagt, **Luzius** ist ein **Mann,** der auch in seinem Alter die Welt noch durcheinanderbringen kann.

Luzius und seine Art

Kapitel 1

Rentner **Luzius** – jetzt viel Zeit –
Macht sich für die Ruh' bereit!

Mit dem **Luzius** frech im Haus
Sieht der Alltag buntig aus

Luzius – der Rentner am Ziel

Luzius – über vierzig Jahr' gerannt,
Ist am Zielband angelangt.
Vierundvierzig Jahr' geklebt –
Immer nur im Stress gelebt –
Ist er, noch nicht ganz gestoppt,
Übers Ziel hinaus gehoppt
Und fällt ohne Widerstand
Leider in ein Niemandsland,
Wo es nichts mehr gibt zu tun.
Luzius soll sich aus nun ruh'n?

Nein, das braucht der **Luzius** nicht.
Er hat weiter seine Pflicht.
Viele Lappen gibt's im Schrank
Für den **Luzius** – Gott sein Dank!
Putzen, Reiben, andre Sachen –
Luzius darf das alles machen!

Wohl ist er an seinem Ziel.
Doch nun fängt es an, das Spiel.
Dieses Spiel ganz ohne Zeit
Steht für **Luzius** jetzt bereit.
Als er übers Ziel gegangen,
Ward er von uns aufgefangen!

Luzius und sein Alter

Wer den **Luzius** richtig kennt,
Lieber ihn nicht Rentner nennt!

Luzius jeden Menschen fragt,
wie hoch er sei wohl betagt.
Hört er dann, er sei noch jung,
Kriegt er wieder neuen Schwung.

Rentner heißen will er nicht.
Viel zu jung sei sein Gesicht.
Jeder lernte ihn noch kennen,
Würde er ihn Rentner nennen.

Dabei steht's auf dem Papier
Leider doch – das wissen wir.

Luzius, der Großstädter

„Ich komm' aus der großen Stadt,
Wo es clevre Burschen hat.
Leute gibt's dort ohne Zahl,
Weltmann bin ich – merk Dir's mal!"

Diesen Vorzug unterstreicht
Luzius, wenn man ihn vergleicht
Mit der Menschheit armem Rest:
Luzius ist der Allerbest'!

Luzius und seine Eitelkeit

Luzius stets der Ansicht war,
Dass er schön ist wie ein Star.
Schön ist er auch von Gesicht.
Doch die Beine sind es nicht.
Spindeldürr mit Knöchelknie
Er dem Schöpfer nie verzieh,
Dass die Bein' er nicht kann zeigen.
Auch den Bauch muss er verschweigen.

Sieht man ihn dann mit Verstand –
Meist in seinem Nachtgewand –
Kann man wirklich ihn vergleichen
Mit dem krummen Fragezeichen.

Luzius und sein Spiegel

Luzius schrecklich eitel ist,
Und er deshalb nie vergisst,
Überall auf seinen Wegen
Einen Spiegel mitzunehmen.

Und er schaut nach ein paar Schritten,
Ob die Schönheit nicht gelitten.
Auch sein Kamm ist stets dabei,
Dass das Haar gefällig sei.

Ist vom Ausflug er zurück,
Ist gar oft vorbei das Glück,
Weil den Spiegel er vermisst
Und der Kamm verloren ist.

Luzius, das ganz passable Mannsbild

Wenn die Leut' den **Luzius** seh'n,
Denken sie: Der Mann ist schön.
Der könnt' ganz passabel sein.
Doch dies alles ist nur Schein.

Denn macht **Luzius** auf den Mund,
Meint man grad, es bellt ein Hund.
Dauernd fletscht er seine Zähn'
Und lässt nicht die Leute geh'n.

Seine Zung' - gleich einem Messer –
Ist gar spitz – weiß alles besser.

Und er wundert sich gar sehr,
Wenn der Mensch sich setzt zur Wehr,
Den er – bitterbös' geschwätzt –
Wieder mit der Zung' verletzt.

Luzius und sein Mütterlein

Luzius schimpft auf alles hier,
Auf den Mensch und auf das Tier.
Auf die Lebenden schimpft er,
Auf die Toten – und noch mehr.

Seine Mutter, spät gestorben,
Hat den Heil'genschein erworben.
Einundneunzig Jahre alt
Wurde sie – mit viel Gewalt.

„Einundneunzig Jahr' - zwei Mond",
Luzius ganz genau betont,
Ward sein gutes Mütterlein.
Denn Genauigkeit muss sein.

Luzius, der Nein-Sager

„Heute ist das Wetter schön",
Sag ich, „zum Spazierengeh'n!"

„Nein, die Sonne nicht schön scheint",
Daraufhin der **Luzius** meint.

„Doch, die Sonn' am Himmel steht –
Geh', bevor sie untergeht!"

„Dieser Sonn', der trau ich nicht.
Siehst Du denn die Wolken nicht?"

„Ach, da gibt es eben Regen.
Dieser ist fürs Land von Segen!"

„Regen gibt's nicht – es gibt Wind",
Daraufhin der **Luzius** find'.

„Die da oben an der Sonn'
Sind genauso schlimm wie Bonn!"

„Nein", sagt **Luzius** , „noch mal nein,
Es gibt keinen Sonnenschein.

Und es gibt auch keinen Regen,
Ist auch nicht fürs Land von Segen!"

Regen – Wind und Sonnenschein –
Luzius sagt: Nein – Nein – Nein – nein!

Luzius, der Senior ohne Vorteil

Luzius die Moral nicht kennt.
Und auch Scham ist ihm ganz fremd.
Meist ist er total daneben
Und versumpft sein ganzes Leben.

Eigentlich könnt' als Senior
Er sich nehmen sehr viel vor.
Und er könnt' zum halben Preis
Fröhlich machen jede Reis'.

Auch zum halben Preis im Suff
Könnt' er gehen in den Puff!

Doch das macht der **Luzius** nicht.
Krach im Haus' ist seine Pflicht.

Und es ist sein ganz' Bestreben,
Krach zu machen in dem Leben!

Luzius und sein Gehör

Luzius immer zweimal fragt
Danach, was man einmal sagt.
„Was", fragt er auf alle Fäll',
Spricht man langsam oder schnell.

Nur was er nicht hören soll,
Hört in Dur er und in Moll.
Sagt man was vom Arzt für Ohren,
Hat man ganz und gar verloren.

Denn der **Luzius** hört ganz gut,
Wenn er schwerhörig auch tut.

Luzius und seine Leber

Luzius oft sich überlegt,
Wie es seiner Leber geht.
Weiß er doch nicht so gewiss,
Ob sie auch intakt noch is'.

Ist es doch durchaus nicht klug,
Mehr zu trinken als genug.

Dass die Leber nicht ersäuft,
Öfter er zum TÜV mal läuft.

Und der TÜV – Herr Dr. Bier –
Wohnt in Milchstraß' Nr. 4.

Seiner Praxis gegenüber
Liegt der Kiosk ‚Komm mal rüber',

Hier der **Luzius** immer steht,
Wenn er mal zum Doktor geht.

Und es ist ihm unbequem,
Sollt' der Doktor ihn dort seh'n.

Warum auch so nah er wohnt,
Wo man nicht die Leber schont?

Leber hin und Leber her –
Abstinenz ist nun mal schwer!

Luzius und sein tägliches Training

Luzius fragt ganz ungeniert,
Wie man „Training" buchstabiert.

Zum Erstaunen finden wir
Einen Zettel an der Tür:

„Training in acht Tagen wieder
Für die Muskeln brav und bieder!"

Einrosten auf keinen Fall
Darf sein Körper in dem Stall.

Deshalb: Liegt er zwei Tag' flach,
Macht am nächsten Tag er Krach.

Dieses hebt den Atem an
Und macht einen richt'gen Mann!

Boxen zweimal – Kniebeug' drei –
Und dazu noch viel Geschrei –

Macht lebendig Körper – Seele
Und ist gut auch für die Kehle.

Deshalb: Training dann und wann
Schadet niemals einem Mann!

Luzius und sein Fahrrad

Luzius auch besitzt ein Rad,
Es zu nutzen, wäre schad'.
Deshalb steht es – bitte sehr –
Wohlverpackt in dem Kelleer.

Auch die Räder von den Frauen
Stehen dort – man könnt' sie klauen –
Gut getarnt und zugedeckt,
Dass ihr Dasein man nicht checkt!

In der Früh' und kurz vor Nacht
Inspektion der **Luzius** macht –
Späht darob durch den Verhau
Nach dem bösen ´Räderklau´.

Doch der fürcht den **Luzius** sehr
Und kommt deshalb gar nicht her!

So die Räder immer weiter
Stehen in dem Keller heiter.
Und gar froh ist **Luzius'** Sinn,
Dass gewachsen ihr Gewinn!

Denn solang' die Dinger schlau
Stehen brav in ihrem Bau,
Können sie nicht nehmen Schaden,
Teurer werden sie im Laden!

Und so steigert sich ihr Wert,
Wenn man nicht mit ihnen fährt!

Luzius und der Farbfernseher

Luzius abends meistens hockt
Vor dem Fernseher verstockt.

Nur was **Luzius** selbst gewählt,
Immer auch für andere zählt.

Fernbediener auf dem Schoß,
Drückt er auf die Tasten bloß.

Da er durch das viele Bier
Meistens gar nicht ganz ist hier,

Drückt er alle Tasten runter –
Das Programm wird immer bunter!

Wenn er plötzlich dann erwacht,
Haben wir's kaputt gemacht.

So ist **Luzius** schlecht und recht
Stets in allem ungerecht.

Luzius und seine Bibliothek

Luzius meistens sieht man hocken
In den buntgestreiften Socken –
Diesen bitterbösen Besen –
Und nur lesen, lesen, lesen!

Mit den Büchern klug und weise
Geht er auf die große Reise.

Schnell wie eine Wüstenmaus
Liest er seine Bücher aus.

Bis die Lettern sind dahin
Und geschärft sein frecher Sinn!

Eine Bibliothek im Haus
Lässt den Mann nicht gehen aus!

Luzius und sein Schlaf rund um die Uhr

Luzius schläft rund um die Uhr –
Ist auf seiner Couch zur Kur.

Keiner darf um ihn herum
Sich bewegen – bleibet stumm.

Bügeln und vom Teller schlecken,
Alles würd' den **Luzius** wecken.

Er allein darf schnarchen nur –
Denn er ist ja auch zur Kur.

Luzius und seine undurchsichtige Liebe zu seiner Frau

Kapitel 2

Bild 2: „Luzius und die 150,- DM im Mülleimer"

Luzius und die DM 150,-- im Mülleimer

Luzius - mitten in der Nacht –
Hat über was nachgedacht:
Seine Frau, die gute Fee,
Hat gefüllt sein Portemonnaie.

Dieses war erst jüngst passiert
Mittels Umtausch – ungeniert.

Lang getragen – eine Jack –
Machte sie zu 50 Mark.

Luzius, nächtens aufgewacht,
Hat sich plötzlich aufgemacht,
Dieses Geld sich anzusehen
Und ans Portemonnaie zu gehen.

Da – ein Schrei – die Frau schreckt hoch –
In der Börse ist ein Loch!
Wo das Geld war vorher drin.
Keine Rede von Gewinn.
Luzius sieht ins Leere nur,
Von dem Geld gibt's keine Spur!

„Gott ach Gott", was ein Verlust,
Luzius schreit aus seiner Brust.

Und die Frau – das Geld erstanden –
Ist aus lauter Rand und Banden.

Luzius sucht und sucht so schwer –
Zum Antonius betet er.
Schränke, Eisschrank, Tisch und Herd,
Alles wird jetzt umgekehrt
In der Nacht für viele Stunden.
Und das Geld wird nicht gefunden.

Seine Frau – an allem schuld –
Betet weiter in Geduld.

Plötzlich – ungefähr um drei –
Aus der Küche kommt ein Schrei!

50 Mark im Eimer drin –
Zwischen Abfall der Gewinn!

Und - was ganz erstaunlich ist -
100 Mark noch mehr im Mist.
So war Gott uns gut gesonnen:
100 Mark dazu gewonnen.

Wär'n die 50 Mark nicht weg,
Keine 100 Mark im Dreck.

So dies Wort hat sich bewährt:
Alles sich um Guten kehrt.

Luzius – der Schüchterne – bekennt:

„Fünfundzwanzig Silberjahr'
Hab' ich hinter mir fürwahr.
Und doch wage ich nicht mir,
Mich einmal zu nähern Dir."

Doch der Regel Ausnahm' ist,
Dass man dennoch Vater ist.

Luzius und seine Notizen

Luzius immerzu notiert,
Denn er ist ganz raffiniert,
Wann die Tochter hat die Tage
Und die Frau – ganz ohne Frage.
Weiß er doch – wie mancher nicht –
Was ist wichtig, was ist nicht!

Und dies wichtig scheint zu sein,
Ob da kommen Kinderlein.

Luzius und die Uhren der Mütter

Luzius nennt zwölf Uhr'n sein eigen.
Davon müssen zwei Stück schweigen.

Meiner Mutter selig Uhr
Darf nicht läuten – ticken nur.

Luzius' Mutter Kuckuck still
Darf nicht kommen, wann er will.

Bleibt in seiner Uhr drin hocken
Wie auch meiner Mutter Glocken.

Nichts von **Luzius**' grober Art
Zeigt die Pietät so zart,

Wenn er für die Frau – so bang –
Ausmacht diesen Glockenklang.

Um Erinn'rung an den Tod
Gleich zu machen mausetot.

Diese Geste fein und zart
Zeigt so richtig **Luzius** Art.

Luzius - das Sparbrötchen

Luzius ist darauf bedacht,
Dass man nicht die Tür aufmacht.
Aus dem Fenster – bitte schön –
Könnt' ja auch die Wärme geh'n.

„Für die Straße heiz' ich nicht",
Sagt er, hat er uns erwischt,
Wenn einmal am Tage wir
Öffnen Fenster oder Tür.

„Spar-Verschwenderin" bist Du –
Tür'n und Fenster bleiben zu,
Ist der Winter vor der Tür –
Ich doch nicht mein Geld verschür'",

Konsequent der **Luzius** meint –
Lüften nur, wenn Sonne scheint.

Luzius - der große Krachmacher

Luzius wusst' nicht mehr genau,
Hat er Krach' mit seiner Frau.
Deshalb einfach auf er schrieb,
Ob er bös' war oder lieb.
´K.Krach´ Montag – Dienstag ´Krach
Hieß: Kein Krach – dann wieder Krach.

So führt **Luzius** Buch ganz klar,
Wann Krach und wann nicht Krach war.
Doch hat **Luzius** lange Ruh',
Sieht mit Cleverness er zu,
Dass in Krach er wieder kommt,
Und geht tapfer an die Front.

Luzius und die Formulare

Oftmals **Luzius** aus muss füllen
Ganz gegen den eignen Willen
Formular für unseren Staat.
Da ist teuer guter Rat.

Ich sitz' an der Schreibmaschine.
Luzius läuft mit finstrer Miene
In dem Zimmer hin und her.
Tut, als ob der Staat ich wär'.

„Dieser Staat, wie hass' ich ihn.
Viel zu wenig ich verdien'!"
Luzius schreit nach jedem Wort,
Das ich schreib', und läuft dann fort.

„In dem Firlefanz und Fädel
Platzen Dir die Haar' vom Schädel",
Schreit der **Luzius** – Schockschwerenot –
Und ich sitz' mit ihm im Boot.

In dem Boot, das Leben heißt,
Bin mit **Luzius** ich verschweißt.
Und ich rudre immer weiter
Durch die Formulare heiter.

Luzius und der Alkohol für seine Frau

Luzius oft mit falschem Sinn
Stellt mir eine Reblaus hin,
Dass ich auch – gerad' wie er –
Weingeist trinke und noch mehr.

Hab' ich dann gekippt den Saft,
Dies mir viele Vorwürf' schafft.

Jeder Satz von **Luzius** nun
Fängt jetzt an: „Du bist ja dun!"

Deshalb hab' ich nun den Trick,
Nicht zu würd'gen einen Blick,
Was mein Mann mit falschem Sinn
Stellt mir vor die Nase hin.

Ist er auch – man muss schon sagen –
Nüchtern kaum mehr zu ertragen,
Trink' ich lieber gar nichts mehr
Wegen Vorwurf hinterher.

Luzius und seine wertvolle Vorarbeit

(oder: Der Wink mit dem Zaunpfahl)

Luzius, wenn er grad nicht schreit,
Leistet gerne Vorarbeit.

So die Wäsche weicht er ein –
Dieses freilich nur zum Schein –
Häufig gern in einem Pott,
Bis nach Stunden sie ist Schrott.

Denn es ist ihm völlig gleich,
Ob die Wäsche bunt, ob weich.
Hauptsache, sie ist getunkt
In die Brüh' gestreift, gepunkt'.

Irgendwann – nach ein paar Stunden –
Wird die Wäsche schon gefunden
Und – so wie es ja der Brauch –
Von der Frau gewaschen auch.

Luzius und sein Wäsche-Trick

Um den **Luzius** zu verstehen,
Müsste man schon früh aufstehen.

Er steht auf im Morgengrauen
Nur damit die Nachbarsfrauen
Seh'n, wie er die Wäsch' aufhängt
Noch bevor der Tag anfängt.

So, wenn **Luzius´** Frau aufsteht,
Fleißig schon die Wäsche weht –
Und man denkt bei Nachbars dann:
Die hat einen guten Mann!

Doch was drinnen vor sich geht,
Auf dem andern Blatte steht.

Dort legt **Luzius** sich ins Bett
Bis zum Mittag dick und fett.

Hauptsach' ist, die Nachbarsfrauen
Können ja ins Bett nicht schauen.

Dies ist **Luzius** fauler Trick
Mit dem weißen Wäschestück.

Luzius und seine Eifersucht

Luzius nie mit mir geht aus.
Lieber bleibt er ja im Haus.

Denn im Wirtshaus kann es sein.
Nimmt mich wer in Augenschein.

Deshalb – geht er doch mal fort,
Muss ich setzen mich sofort,

Wo mich nicht ein Mann kann sehen
Und die Augen mir verdrehen.

Ist der **Luzius** doch empört,
Wenn wer sieht, was ihm gehört!

Luzius und der Stein am Bürgerhaus

Eines Tags, es ist schon spät,
Luzius „um den Block" rumgeht.

Um das Bürgerhaus herum
Liegen Steine dick und krumm.
Lang schon ist es sein Bestreben,
Dort sich einen Stein zu heben.

Schön würd' passen dieses Stück
In sein häuslich' Pflanzenglück!

Jetzt gekommen ist die Stund' -
Mond am Himmel steht so rund.

Auch will **Luzius** unbedingt,
Dass mein Herz vor Ängsten schwingt.
Wenn er was Verbot'nes macht -
Streng von anderen bewacht.
Prickelnd ist es allemal,
Dass für mich ist eine Qual,

Wenn der **Luzius** etwas tut,
Was bezeichnet man als Mut.

Vor dem Bürgerhause spät
Eine Menge Menschen steht.
Luzius nun im Mondenschein
Liebäugelt mit einem Stein.

Und – als grade keiner blickt –
Er blitzschnell sich danach bückt.
Gut er dieses ausgeheckt
Und gekonnt den Stein versteckt.

Aus dem Säckel guckt heraus
Schwer der Stein vom Bürgerhaus.
Unterwegs klagt er nun sehr,
Dass der Stein doch ziemlich schwer.

Runterziehen ganz und gar
Würd' er ihn – das sei doch klar.

Deshalb um die Ecke biegt
Mit dem Stein er, der viel wiegt.

Und verschwind' mit seinem Dorscht
Im Lokal vom Metzger Schorscht.

Luzius zu Besuch beim Metzger Schorsch

Luzius bei dem Metzger Schorsch
Trinkt ein Bier und isst auch Worscht.
In die Ecke er mich setzt,
Weil, was gern hat, er versteckt.

Vorher aber er erschreckt,
Als er seinen Aufzug checkt.
Unterm Mantel – Schweinerei –
Trägt er Hosenträger zwei.
Außerdem die grüne Jack,
Von der längst ist ab der Lack.

Und ein Taschentuch verknittert
Aus der Hosentasche zittert.

Dieses ist zuviel für ihn;
Und es werden weich die Knie(n).

Doch der Mensch ist immer eitel
Von der Zeh bis hin zum Scheitel.

Deshalb **Luzius** eins, zwei, drei
Nimmt die Hosenträger zwei,
Steckt sie in die Manteltasch’
Und zieht aus die Jacke rasch.

Lang’ schon in der Kehl’ nicht trocken,
Weiß er sauber nur die Socken!

Nunmehr alles klar schon wär’,

Wenn da wär' nicht der Verzehr.
Proper sitzt er nun am Tisch
Und macht auch bemerkbar sich.

Ein Stück Brot – vor ihn gelegt –
Sein Interesse stark erregt.

Weil es locker ist und lasch,
Steckt er's einfach in die Tasch'.
Und er fragt die Kellnerin,
Ob dies auch nach ihrem Sinn.

Die – sozial ganz eingestellt –
Meint: „Wenn's Ihnen so gefällt,
Nehmen Sie das ganze Brot
Mit nach Haus' in Ihrer Not".

Dies den **Luzius** hoch erfreut –
Ja, es gibt doch gute Leut'!

Freilich hat der **Luzius** auch,
Wie es nun mal ist der Brauch,
Für sein Weib bestellt ein Essen
Und sich selbst auch nicht vergessen.

Ach dies ist ein schöner Abend –
Dies Gericht so gut und labend.

Und gar kühl ist auch das Bier -
Ohne Stunk sitzt **Luzius** hier.

Luzius ist verschütt´ gegangen

Luzius, früh mal aufgewacht,
hat sein Kind zum Bus gebracht.
6 Uhr war's – sein Bett war leer –
Und er kam zurück nicht mehr.
Dunkel war's , es wurde sieben –
Luzius hat sich rumgetrieben!
Hell war's dann – es wurde acht –
Was hat **Luzius** sich gedacht?
Neun ward es und dann halb zwölf -
Haben gefressen ihn die Wölf'?

Plötzlich schellt es an der Tür –
Luzius kann doch nichts dafür,
Dass so spät er eingetroffen,
Hat er doch fast nichts gesoffen!
Vielmehr hat er mitgebracht
Nachttöpf' zwei – wer hätt's gedacht!
Den in rosa – den in blau -
Den für sich – den für die Frau!

Auch hat er auf alle Fäll'
Sich beworben um die Stell',
Die ein Kaufhaus ausgeschrieben,
Detektiv zu sein nach sieben:
Zu bewachen viele Frauen,
Dass sie putzen und nicht klauen!

All das **Luzius** hat gemacht -
Ganz umsonst war mein Verdacht,
Dass nun ganz verschütt' er wär'-
Und ich hätt' ihn nimmermehr!

Luzius und sein seltsames Vaterherz

Kapitel 3

Luzius und sein zweifelhaftes Vaterherz

Luzius - völlig außer sich –
Kommt gelaufen in die Küch'.

Zweifelsvoll betrachtet er
Seine Tochter hin und her.
Merkmal für die Echtheit ist,
Ob die Stirn ihm ähnlich ist.

Aus dem Fernseh'n – wie man hört –
Sieht man so, ob dir gehört,
Was du brav hast aufgezogen,
Und ob du nicht wardst belogen!

„Ja, sie ist von meinem Blut",
Luzius ruft, „das seh' ich gut.
Diese Stirn – wie sie mir gleicht –
Ach, wie wird das Herz mir leicht!"

Und er küsst voll Vaterglück
Seines Lebens bestes Stück.

Luzius und das Kartoffelkästchen

Froh hat **Luzius** ausgedacht,
Was er seiner Tochter macht.
In dem Keller hämmert er
Eine Lade kreuz und quer.

Ausgelegt mit Stoff so zart,
Hat der **Luzius** nicht gespart
An Geduld und Phantasie,
Bis das Kästchen wohl gedieh.

Als das Essen dann gemacht,
Hat er es heraufgebracht,
Stellt es wie ein Zimmermann
Auf den Küchentisch sodann.

„Für Kartoffeln ist gedacht,
Was Du da für uns gemacht",
Meint die Tochter voller Freud',
Doch schon bald sie dies bereut.

„Für Kartoffeln soll das sein,
Was gemacht ich zart und fein,
Nein, das ist doch für Kosmetik –
Ihr habt keine Spur von Ethik!"

Luzius sagt's und legt voll Trauer
Sich ins Bett – denn er ist sauer.
Undankbar ist diese Welt,
wenn sie Kunst für Ausschuss hält!

Deshalb auf dem Friedhof trist
Anderntags sein Brot er isst.

Luzius und der Lehrer in Hintertupfing

Luzius will – wie's seine Art –
Seine Tochter seh'n in Fahrt.

Dafür ist ihm grade recht,
Anzurufen Lehrer Specht.
Dies muss man verhindern schnell,
Hat man später nicht die Höll'.

Luzius – wie es stets gewesen –
Telefonbuch nicht kann lesen.
Fragt, wo denn der Lehrer wohnt,
Dass sich das Gespräch auch lohnt.

„Hintertupfing heißt die Stadt,
Wo's die netten Lehrer hat",
Sag' ich, und der **Luzius** rasch
Macht die arme Post zur Flasch'.

„Hintertupfing – bitte sehr –
Dieser Name ist nicht schwer!"
Meint der **Luzius** ganz verwegen,
Und die Post lässt mit sich reden.

Aber nur für kurze Zeit.
Dann gibt's mit dem **Luzius** Streit.
„Eine Redewendung ist
Hintertupfing, dass Ihr's wisst´",
Sagt die Auskunft kategorisch –
Luzius´ Streit war illusorisch.

Luzius und sein liebendes Vaterherz

Endlich ist es nun so weit:
Luzius' Tochter macht bereit
Sich zu Ihrem Abitur.
Da tut **Luzius** einen Schwur.

„Schaffst Du diese Prüfung nicht
Und löschst aus Dein Lebenslicht,
Werd ich in den Wald reinrennen
Und mich selber dort verbrennen!"

„Das käm'", meint die Tochter dann
„Einmal aufs Probieren an!"

Luzius – schlecht mit dem Gehör –
Fragt: „Was sagte dieses Gör?
Sie will mit ihr'm frechen Mund
Ausblasen die Feuersbrunst?"

Luzius und seine Gefühle

Luzius - wie man ja auch weiß –
Liebt die Tochter innig heiß.

Eines Nachts kommt die erst spät
Zu ihm heim von einer Fet'.

Es wird zwölf, und es wird zwei.
Ja, sogar wird es halbdrei.

Luzius außer Rand und Band
Läuft voll Schmerz von Wand zu Wand.
In dem Nachthemd dunkelblau
Macht verrückt er seine Frau.
„Sie liegt mit ihr'm Autokahn
Sicher auf der Autobahn!"

Ruft er durch den Korridor,
Läuft zurück und wieder vor.

„Wenn sie doch nur klingeln wollt,
Nie mehr hätt' ich ihr gegrollt.
Sagt der **Luzius** - und die Glock
Klingelt endlich – welch ein Schock!

Luzius, endlich Mann ganz schlau,
Springt ins Bett zu seiner Frau.
„Still, wir tun als ob wir pennen –
Sie soll glauben nicht wir flennen!"

Sagt der **Luzius** und macht dicht
Seine Augen vor dem Licht.
So scheint doch sein Ton so rau
Alles nur nach außen Schau.

Innen drin, wo's keiner sieht,
Er die Frau und Tochter liebt!

Luzius, der trickreiche Einkäufer

Kapitel 4

Bild 3: „Luzius und sein Gebiss"

Luzius und sein Gebiss

Luzius kauft recht gerne ein.
Dies muss ja auch häufig sein.
Alles kauft er weich und rund;
Denn sein Mund ist nicht gesund.
Seine Zähne – man kann sagen –
Sind zum dritten Mal getragen.
Gut ist nicht der Oberkiefer,
Schlecht ist auch der Unterkiefer.
Nichts kommt in den Mund, was hart,
Und noch nicht mal der Salat.
Denn er glaubt, er kann nicht kauen
Und nicht hinterher verdauen.
Deshalb **Luzius** in der Stadt
Schaut, wo man was Weiches hat.
Auch wünscht er – Schockschwerenot –
Endlich krümelloses Brot!

Dies zu kriegen – mit Geschrei
Stürmt er in die Bäckerei.
Luzius' Zunge – immer frech –
Meint: „Was habt Ihr auf dem Blech?"
Ohne Krümel will ich Brot!"
Und die Bäckersfrau wird rot.
„Krümelloses Brot zu kaufen,
Müssen Sie schon weiterlaufen",
Meint die Bäckersfrau erschlagen,
Und ich hör' den **Luzius** sagen:
„Gut, dann geh' ich zur Filiale.
Diese hat es alle Male",

Die Filial' am End´ der Stadt
Kleine runde Brötchen hat.
Vornehm ist sie – und daher
Hat sie Brötchen – gar nicht schwer.

Luzius - dicht an einem Hund –
Sieht die Brötchen weich und rund.
„Diese will ich – diese – nein –
Jene sind mir doch zu klein,
Solche sind ja viel zu groß!"
Und der Hund springt an die Hos'.

Zwischen **Luzius** Beinen jetzt
Ist der Hund – der Bäcker hetzt
Von dem einen Korb zum andern -
Eifrig seine Hände wandern.
Grad wie es der **Luzius** will,
Geh'n die Händ' vom Bäcker Bill.
Schließlich sind in seiner Tüte
Brötchen drei – du meine Güte!
Später dann – in seinem Bus –
Luzius isst sie mit Verdruss.
Denn sie sind ihm gar zu klein.
Das soll Dienst am Kunden sein?

Luzius und die Lebensmittel-Dosen

Büchsen kauft sich **Luzius** viel.
Dieses ist nun mal sein Stil.
Denn er denkt: Was so verpackt,
Ist beim Kochen nicht vertrackt.

Leicht kann man sich satt so kriegen
Und den Hunger gut besiegen.
Gut sind Büchsen für den Mann.
Viel Geschirr fällt auch nicht an.

Und man weiß vom Etikett,
Ob der Inhalt mager – fett.
Will die Frau auch Ware frisch,
Er bringt Dosen auf den Tisch.

Immer wieder kommt der Mann
Mit den vielen Büchsen an,
Und man kann vielleicht sich sagen:
Dies hat **Luzius** aus den Tagen,
Als im Krieg er hat gebangt,
Dass es ihm am Brot nicht langt.

Deshalb ist man besser still,
Kommt er mit den Dosen vill.

Außerdem erstaunlich ist,
Dass der Krieg verloren ist,
Wo doch **Luzius** war wie nie
Immer mit von der Partie.

Jedenfalls er stets zitiert,
Dass die Front er hat geziert.
Und man glaubt, da ist kein Mann,
Der dies von sich sagen kann.

Luzius und der zarte Fleisch-Einkauf

Luzius liebend gern kauft ein
Fleisch – doch muss es weich auch sein!
Hartes Fleisch ist ein Beschiss
Für den Magen und Gebiss.

Neuerdings mit einem Trick
Luzius kauft das Fleisch am Stück.
Dass man ihm gibt Gutes nur,
Geht er vor mit kluger Tour:

Kerzengrad – Kopf im Genick –
Steht er da mit strengem Blick,
Wirft ein freches Auge hin
Im Geschäft zum Fleischer Pim.

Dieser Blick allein genügt,
Dass man **Luzius** nicht betrügt.
So bringt er mit frohem Mut
Stets nach Haus' Fleisch zart und gut!

Luzius und der musikalische Gemüse-Einkauf

Luzius kauft Gemüse ein.
Plötzlich tritt ein Summen ein.
Eine Frau – zwei Meter weg –
Singt ein Liedchen froh und keck!

Luzius dies nicht leiden kann
Und fängt deshalb selber an,
Während im Gemüs' er wählt,
Melodien – ungezählt –
Still und leise herzusingen –
Ein Duett will nicht gelingen.
Denn da stellt sich leider ein
Eine Dritte im Verein.

Diese auf der Seit' zur Rechten
Teilt das gute Obst vom schlechten.

Luzius, in der Mitte jetzt,
Fühlt sein Ehrgefühl verletzt.
Hört es sich doch komisch an:
Beim Gemüse singt ein Mann!

Deshalb **Luzius'** Lied verstummt –
Doch die andre weitersummt!

Bild 4: „Luzius und seine Bierflaschen"

Luzius und seine Bierflaschen

Luzius geht – bepackt mit Bier –
Wieder einmal durch die Tür.
Einkaufswagen voll bis oben.
Luzius muss man dafür loben.
Denn er hat mit scharfem Sinn
Unten nur das Bierchen drin.

Obenauf liegt Brot und Butter
Für die Tochter und die Mutter.
So passiert er ohne Schaden
Mit der Last aus Müllers Laden
Nachbars neugierigen Blick
Und meldet sich brav zurück.

„Alles hab' ich ausgegeben
Dass Ihr Beide könnt' auch leben",
Ruft die Treppe er hinauf,
Während noch die Tür ist auf.

Denn ein jeder Mensch im Heim
Soll sich machen diesen Reim:
Was ein guter Mann doch ist,
Wer die Weiber nicht vergisst.

Gut muss sein, wer kaufet ein,
Und ist dies auch nur zum Schein.
Denn das Obere verdeckt,
Was in Wahrheit drunter steckt.

Unten Bier und oben Essen,
Luzius hat sich nicht vergessen.
Und die Flaschen allesamt
Werden in die Eck' verbannt.

Wo sie **Luzius** unbemerkt
Aufbewahrt und sich dran stärkt.

Dieses Bier ihm immer mundet
Und sein Bauch sich davon rundet.

Doch der **Luzius** dabei hasst,
Dass die Hos' ihm nicht mehr passt.

Unter seinem Bauch sitzt sie,
Schuld dran ist die Industrie.

Luzius der lustige Koch

Kapitel 5

Luzius und seine Vorliebe für Aale

Luzius sehr gern Aale isst,
Weil er ja vom Wasser ist.

In dem Fisch-Geschäft der Stadt
Es gar viele Aale hat.

Luzius öfter steht versunken
Vor dem Fisch-Geschäft verstunken.
Und er schimpft – damit man's weiß –
Auf der dicken Aale Preis.

Außerdem kann er nicht riechen
Den Besitzer Mister Viehchen.
Doch er wünscht sich jedes Mal
Zum Geburtstag einen Aal.

Sagt: „Das muss nun mal so sein –
Doch das ist für Euch Latein!"
Wird im Jahr der Aal vergessen,
Sagt er: „Ich krieg' nichts zu fressen.

Vor'ges Jahr der Aal war dick,
Dies Jahr nicht das dünnste Stück!

Ihr esst beid' Euch fett und dick,
Und mir fehlt der Aal zum Glück!"

Luzius und der Spinat

Luzius - mit der Frau verkracht –
In der Küch' Spinat sich macht.
Dies Gemüse – tief gefroren –
Hat sein Magen sich erkoren.

Leider ist ihm nicht bekannt,
Wieviel Wasser wird verwandt.
Deshalb schütt' er – ohne Maß –
Recht viel von dem guten Nass
In den kleinen Topf hinein –
Man soll ja nicht kleinlich sein!

Der Spinat – ein fester Klumpen –
Lässt sich dann auch gar nicht lumpen.
In das Wasser eingetaucht,
Wird er sehr bald aufgesaugt.

Luzius wundert sich wie nie
Über diese grüne Brüh'.
Und nun kommt auch noch vorbei
Seine Frau – o wei – o wei!

Da weiß **Luzius** schnell sich Rat:
Er trinkt einfach den Spinat.

Luzius und das Nudelgericht

Einst die Frau liegt krank im Bett.
Wenn er doch gekocht nur hätt'.
Da fällt **Luzius** fröhlich ein:
Nudeln machen – das wär' fein!

Einen Topf so groß und rund,
Ganz viel Wasser – ist gesund.
Eine Prise Salz hinein,
Das kann nie von Schaden sein!

Jetzt die Flamme schön und hell
Unterm Topf hervor blitzt grell.
Dies Gefäß mit Wasser voll
Dampf und kocht – das ist ja toll!
Schnell die Nudeln jetzt hinein,
Luzius macht sie klitzeklein.
Und – oh Wunder – jede Welle
Glättet sich jetzt auf der Stelle.
Dieser Topf - grad noch in Wut –
Kocht die Nudeln weich und gut!
Gar sind sie – wohin damit?
Luzius lässt sie in der Bütt.

Denn er hofft: Im Wasser warm
Hält die Nudel ihren Scharm.
Wohin sollt' auch er sie gießen
Und damit die Frau verdrießen?

So die Nudeln – butterweich –
Luzius fischt sie aus dem „Teich".
Ketchup drauf – die Teller voll –
Hausfrau an ihm jeder Zoll!

Bild 5: „Luzius und das Nudelgericht"

Luzius und das Huhn

Hat der **Luzius** nichts zu tun,
Brät er öfter sich ein Huhn.
Und das Huhn kann sich nicht wehren,
Geht der **Luzius** dran mit Scheren.

Findet dann – trotz grellem Licht –
Er die Innereien nicht,
Meint er: „Das ist ganz gewiss
Von der Industrie Beschiss."

Hat das Huhn er dann gewaschen,
Luzius kann's noch nicht vernaschen.
Tut, weil es nichts schaden kann,
Ein Pfund Butter in die Pfann'.

Und nach etwa 2 – 3 Stunden
Lässt das Huhn er froh sich munden.

Luzius und die Linsensuppe

Linsensuppe, die schmeckt fein.
Luzius weichet deshalb ein,
Was der liebe, gute Mann
Nur an Linsen finden kann.

Noch am Abend vor dem Schmaus
In den Topf schütt' er sie aus:
Ein – zwei Kilo – weich gemacht –
Gibt 'ne Supp', das wär' gelacht!

Seine Frau soll nichts von wissen,
Wenn sie ruht auf ihrem Kissen.
Als der **Luzius** dann erwacht,
Geht er in die Küche sacht.
Ei – ei – ei – die ganzen Linsen
Bös' ihn aus dem Topf angrinsen.

Haben – das ist nicht gelogen –
Alles Wasser aufgesogen!
Steh'n im Topf wie eine Eins,
Sind zuviel – wie's **Luzius** scheint's!

„Was soll ich der Frau nur sagen,
Was ich wieder ausgetragen?"
Schreit der **Luzius** voller Arg –
Ach, das wird wieder ein Tag.

Und die Frau steigt aus ihr'm Bett.
Linsen stehen dick im Fett!
„Ach, da kann ich ja gleich Wochen

für die ganze Stadt hier kochen!"
Meint die Frau und fühlt sich reich
Mit den vielen Linsen weich.

„Ich hab's doch nur gut gemeint!
Konnt' ich wissen, dass – vereint –
Diese Linsen wer'n so dick –
Ach, das ist ein Missgeschick!"

Sagt der **Luzius** und sucht flott
Schnell nach einem Riesenpott,
Schütt' ihn rasch mit Wasser voll –
Jetzt schmecken die Linsen toll!

Luzius, der Teller-Abräumer

Ganz verwundert sehe ich –
Bringt den Teller in die Küch'
Luzilein - sonst stinkig faul –
Hält dabei auch mal sein Maul.

Als ich dann am nächsten Tag
In den Ascheimer was trag,
Muss ich seh'n zu meinem Schreck:
Ganzer Teller ist im Dreck!

Teller – 20 Mark wohl wert –
Wurde einfach weggekehrt!
Dies ist also – man kann sagen –
Manns-Arbeit in unsren Tagen!

Luzius und seine komische Gartenliebe

Kapitel 6

Bild 6: „Luzius und das Unkraut"

Luzius und das Unkraut

Unkraut sprießt ums ganze Haus,
Luzius macht sich gar nichts draus!

Blumen sind sie allesamt -
Er macht schmutzig keine Hand –

Andre sollen für ihn säen,
Sollen seinen Rasen mähen –

Er wiegt sich in seine Träume
Und sägt schnarchend viele Bäume!

Jedem Menschen sein Pläsier -
Luzius' Bett ist sein Revier!

Luzius und seine einzige Blume vorm Haus

„Draußen regnet's", **Luzius** meint.
Besser als wenn Sonne scheint.
So brauch' ich zu gießen nicht,
Wo die Sonne darauf sticht!"

„Was gibt's denn zu gießen drauß'?
Steht doch keine Blum' vorm Haus?"
Frag' erstaunt ich meinen Mann –
„Wer nicht sät – nicht ernten kann!"

„Doch", meint **Luzius** – „um die Eck'
Steht noch auf demselben Fleck
Diese eine Staude grün –
Und die darf uns nicht verblüh'n!"

Bild 7: „Luzius und seine Blumen"

Luzius und seine Blumen

Luzius jüngst ließ sich belehren,
Dass im Frühling mit den Scheren
Man die Pflanzen schneidet runter,
Dass sie werden wieder munter.

Deshalb – ohne lang zu fragen –
Nimmt er sie bei Kopf und Kragen,
Schneidet alles, was da steht,
Köpfchen kürzer auf dem Beet.
Als ich früh am Morgen dann
Schau mir die Bescherung an,
Blickt die Rhododendron nur
Wie ein Blümchen aus der Flur.

Alle Pflanzen – was ist das? –
Sind so kurz jetzt wie das Gras.
Und man sieht – das ist doch klar:
Hier am Werk der **Luzius** war.

Denn wo **Luzius** hat geschafft,
Ist – was lebt – dahingerafft!

Luzius und der Schnitt am Busch

Vor der Wohnung – welche Zier –
Steh'n zwei Büsch', die schneiden wir.

Meine Tochter und auch ich
Schneiden ab, was nicht mehr frisch.

Luzius meint: „Lasst steh'n sie nur,
Ich will seh'n sie in Natur!"

Doch zu Luzileins Verdruss
Kommt er weg – der Überschuss.

Luzius will die grüne Pracht,
Weil es keine Arbeit macht.

Dass ein Busch braucht seinen Schnitt,
Will der **Luzius** wissen nit.

Andrerseits die Frauen zwei
Müssen aufhör'n eins – zwei –drei!

Mit der Scher' und voller Wut
Er nach außen hin nun tut,

So als ob die Arbeit all
Er gemacht auf jeden Fall.

Und es gar nicht lange dauert,
bis er in den Büschen kauert.
Wirr das Haar – der Schnurrbart rau –
Steht er in den Büschen schlau.
Ganz und gar ein flotter Mann –
Ach, was doch der **Luzius** kann!

Was die Frau'n zuerst vollbracht,
Luzius hat's zu End´ gemacht.

Und die Nachbarn rundherum
Sehen staunend zu und stumm.

Luzius und die Frau am Busch

Mittags einmal ich hab' Ruh':
Luzius putzt im Freien Schuh'.

Da – ich meinem Ohr nicht trau:
Er macht eine Frau zur Sau.
Diese pflückt sich einen Strauß
Aus dem Busch vor unserem Haus.

Luzius ist darob empört,
Weil der Busch ja ihm gehört.
Und er schreit von dem Balkon
In dem frechen, lauten Ton:
„Hören Sie jetzt auf damit –
Dieses Pflücken leid' ich nit!"

Doch die Frau sagt froh und heiter:
„Nein, ich pflücke einfach weiter.
Dieser Busch gehört nicht Ihnen –
Da kann ich mich schon bedienen!"

Und sie fährt ganz einfach fort,
Froh zu pflücken an dem Ort.

Jeder Zweig, den sie da pflückt,
Wird mit **Luzius'** Schrei bestückt.

Von dem Busch her tönt es dann:
„Sie sind ja ein frecher Mann!"

Haben eine kom'sche Art
Zu den Frauen, die so zart!"
Und die Frau pflückt immer weiter
An dem Busch so gelb und heiter.

Trägt, was wunderschön sieht aus,
Ruhmesfroh zu sich nach Haus'.

Bild 8: „Luzius und die Frau am Busch"

Luzius´ Trick mit der Farbdose

Luzius, bös' auf dieses Weib,
Sucht sich einen Zeitvertreib.

Anstrich nach der neusten Mode
Wäre gut für die Kommode.

Kram zu streichen aus dem Sinn,
Streicht er her, und streicht er hin.

Doch, so lange er auch streicht,
Ärger aus dem Kopf nicht weicht.

Dieses Stück von einem Weib
Liegt zu schwer auf seinem Leib.

Hat sie ihm doch weggepflückt,
Was sein Männerherz beglückt.
All die schönen gelben Blüten
Kann er jetzt nicht länger hüten.

Schrecklich jedes Weibstück ist,
Auch wenn es die eig'ne ist,
Deshalb – nach bewährter Art –
Kommt zu Haus er nun in Fahrt.

Langsam er in Krach sich streicht,
Bis der Höhepunkt erreicht.

Wirft zu seiner Frau am Topf
Böses Wort ihr an den Kopf.

Diese wirft auch eins zurück,
Krach ist wieder – welch ein Glück!

Mit der Farbe hell und matt,
Die er grad in Arbeit hat,

In der Dose blütenweiß –
An ihr klebet noch sein Schweiß -

Luzius wütend kommt gelaufen
Will die Frau damit ersaufen.

Nimmt sie kurzerhand beim Kragen
Und hört nicht auf ihre Klagen,
Tut, als ob er alles schütt´
Auf den Kopf aus seiner Bütt'.

Und die Frau weiß leider nicht,
Dass die Dos´ ist beidseit' dicht.
Deshalb denkt sie: „Fürchterlich –
Jetzt kommt alles über mich!

Aus der bösen weißen Dose
Fließt sogleich die klebrig' Soße!"

Und um Hilfe schreit sie laut,
Dass wer hört, sie still vertraut.
Da – zu ihrem großen Glück –
Luzius nimmt die Dos' zurück!

Denn mit einem Weib, das schreit,
Kommt er leider auch nicht weit.

Und er fragt mit falschem Blick:
„Warum schreist Du dummes Stück -

Wo ja doch – bei meiner List –
Diese Dos' verschlossen ist?!"

Das war **Luzius**' fauler Trick
Mit der Angst in dem Genick.

Luzius und das deutsche Alphabet

Luzius gar nicht gut versteht
Unser deutsches Alphabet.
Deshalb, ruft er jemand an,
sind die Menschen übel dran,
Weil im Buch der Name fehlt,
Er dann die Vermittlung wählt.

Diesmal möchte er Frau Quelle
Und natürlich auf der Stelle.
Festzustellen, ob gehört
Ihm der Busch, der nun zerstört
Durch des frechen Weibes Raub -
Gegen sein Geschimpfe taub.

Doch ist **Luzius** nicht ganz klar:
Quell mit Qu, oder mit K?

Jedenfalls, das wär' gelacht,
Quell hat ihm den Busch vermacht,
War sie doch direkt vor ihm
Parterre links die Mieterin,
Hat, als er die Wohnung nahm,
Ihm vermacht den ganzen Kram,
Was da auf der Wiese steht
Und im Winde sich bewegt.

„Geben Sie mir bitte schnell,
Quell wie Kuno auf der Stell'",
Ruft der **Luzius** durch den Draht,
Und der Post fehlt guter Rat.

Denn der **Luzius** - nie ganz stumm –
Hat von weitem immer Mumm.

Doch das Fräulein von dem Amt
Nicht von schlechten Eltern stammt.
Quell wie Kuno gibt es nicht,
Sie sind wohl im Kopf nicht dicht!"
Kommt es durch den Draht zurück
Von dem frechen Weibesstück.

So, wenn **Luzius** sich beschwert,
Gegen ihn sich alles kehrt.

Luzius auf Kriegsfuß mit der Industrie

Kapitel 7

Bild 9: „Luzius und die Wäsche kunterbunt"

Luzius und die Wäsche kunterbunt

Luzius - pensioniert und fromm –
Wartet, bis nach Haus' ich komm!
Doch zuvor – mein lieber Mann-
Stellt die Waschmaschine an.
Dies zum ersten Mal geschieht,
Wie man an der Wäsch' auch sieht!

Als ich dann vom Kauf zurück,
Seh' ich gleich mit einem Blick:
Wäsche ist ganz kunterbunt,
In der Faser nicht gesund!

Luzius - dieses arme Stück –
Hat mit Wäsche gar kein Glück.
Auch weiß er – mit düstrer Miene:
Noch ist leer nicht die Maschine!

Deshalb mit sehr viel Geschick,
Dass mir fehlt der Überblick,
Hält er ein geschecktes Tuch
Hinter sich, dass ich's nicht such'!

Doch – oh je –dies große Stücken
Guckt hervor aus seinem Rücken!
Nichts kann **Luzius** mehr verbergen,
Steht vor seiner Arbeit Scherben!

Was schön weiß war, ist nun bunt,
alle Wäsche auf dem Hund!

Dieses Stück von Fabrikant
Ist dran schuld – in diesem Land!
Fänd' er ihn in seiner Hütten
Teer würd' über ihn er schütten!
Denn die Bluse knallig rot
War der schönen Wäsch' ihr Tod!

Doch was hängt nun an der Klammer,
Ist ja gar nicht so ein Jammer!

Was hier zählt, ist guter Wille –
Und den hatte **Luzius** – ville!

Luzius und die Schlafzimmer-Inspektion

Nur um unser Eheleben
Noch ein wenig zu beleben,
Haben wir fürs letzte Geld
Noch ein Schlafzimmer bestellt.

Während wir es uns begucken,
Luzius fahndet nach den Mucken,
Die vielleicht – nicht ohne Frage –
Da sein könnten „unter Tage".

Auf den Bauch legt er sich tief
Und schaut nach, ob Beine schief.
Der Verkäufer soll sich auch
Legen auf den flachen Bauch.

Denn – bei all dem schönen Lack –
Kauft er nicht „die Katz im Sack".

Hat er doch – noch jung an Jahren –
Als wir nachts im Bette waren,
Die Erfahrung mal gemacht:
So ein Ding zusammenkracht.

Er will geh'n auf Nummer Sicher
Und verlangt von dem Herrn Fischer,
Dass er ebenfalls sich bückt
Nachzuseh'n, ob was verrückt.

Dieser aber – man kann sehen –
Bleibet kerzengrade stehen.

Sich nicht jeder Mensch macht krumm,
Um zu machen **Luzius** stumm.

Dieses Zimmer – wie es steht –
So an seinen Käufer geht.

Und hat **Luzius** für sein Geld
Doch nichts auf den Kopf gestellt.

Luzius und das schmutzige Schlafzimmer

Luzius einmal denkt bei sich:
´Ich das Schlafzimmer jetzt wisch!´
Doch verlangt er auch von mir,
Dass die Taschenlamp' ich führ',
Um – man kann es ja verstehen –
Unters Bett genau zu sehen,
Dass bei seiner Schrubber-Tour
Bleibet nicht ein Stäubchen nur.

Dieses aber leh'n ich ab,
Da ich keinen Leuchter hab',
Fünfundzwanzig Jahr' allein
Mach' das Schlafzimmer ich rein.

So der **Luzius** macht sich ran
An das Putzen – wie ein Mann.
Und ich hör' von weitem ihn
Dabei stöhnen auf den Knien.
Mit dem Schrubber in der Hand
Ist er außer Rand und Band!
Viel zu klein das Zimmer is' -
Von der Industrie Beschiss!

Wie soll er es fertig kriegen,
Diesen Schmutz je zu besiegen?
Unterm Bett die frechen Flocken
Dick und wohlig einfach hocken!

Kommt von links er ihnen an,
Schrubber er nicht biegen kann,
Auch von rechts ist nichts zu machen –
Müssen doch die Hühner lachen!

Und bei alledem noch auch
Ist im Weg der dicke Bauch!

Stößt er mit dem Schrubberstück
Aus Versehen mal zurück,
Kann es sein, dass hinterm Rücken
Noch der Spiegel geht in Stücken!

Nein, das lohnt sich wirklich nicht,
Dass man dieses Zimmer wischt.
Dieses war das letzte Mal –
Putzen ist ja eine Qual!

Architekten jedenfalls
Rumgedreht gehört der Hals!

Bild 10: „Luzius und das schmutzige Schlafzimmer"

Luzius und das neue Schlafzimmer

Froh ist **Luzius** gar nicht sehr
Übers neue Schlafzimmeer.
Klagt er doch, dass das Skelett
Schmerze ihm auf diesem Bett.

So bringt ihn das Bett in Rage,
Dass er einfach braucht Massage,
Sollt' er sich daran gewöhnen
Und vor Schmerzen nicht mehr stöhnen.

Wo der **Luzius** macht Station,
Schreit er los in frechem Ton:

Der Verkäufer, dieser Schuft,
Flöge demnächst in die Luft.
Denn an seinem Bett das Licht
Ebenfalls gefall' ihm nicht!

Knipst man an es in der Nacht,
Fürchterlichen Lärm es macht,
Dass der Nachbar in sei'm Bett
Plötzlich keinen Schlaf mehr hätt'.

Scheiße wär' das ganze Leben,
Der's gebaut, könnt' was erleben!

Luzius putzt die Lampe kaputt

Lampen sind für **Luzius** in,
Manchmal aber sind sie hin,
Öfter auch muss man sie putzen –
Für die Helligkeit von Nutzen.
Luzius find' dies Putzen schick
Und hat dabei einen Trick,
Mit dem Lappen in der Hand –
Dies ist ja wohl keine Schand –
Fährt er immer wieder stur
Über Glas und Politur,
Auf dem Schemel steht er grade,
Seine Frau hält ihm die Wade.
Saubermachen darf die Frau
Alles sonst, was Grau in Grau.
Doch dies Lampenzeug da oben
Darf man nicht vorm Abend loben.
Lampenputzen – voll Gefahr –
Männersache – ist doch klar!
Und Benzin, dies starke Mittel,
Ist nicht gut nur für die Kittel.
Strahlend sauber macht es auch
Luzius' Lampe überm Bauch.
Neonlamp' mit rotem Ring –
Oh, wie sauber wird dies Ding!
Doch – wie immer – übertreibt
Luzius – reibt und reibt und reibt.
In dem Schädel voller Suff
Macht es plötzlich einen Puff.

Aus für immer ist das Licht,
Putz deshalb die Lampen nicht!
Denn was **Luzius** sauber macht,
Immer auseinander kracht.

Luzius und die armen Handelsleute

Doch nur gut ist der Verlust
Für Verbrauchers Kaufeslust!
In die Stadt kann **Luzius** fahren
Und sich umseh'n bei den Waren.

Armes Kaufhaus mache dicht:
Luzius kauft ein neues Licht.
Arme Zunft der Handelsleute:
Ihr seid heute **Luzius'** Beute!
Wenn er kommt, kein Stern mehr leucht',
Und ein jedes Aug' wird feucht!

Luzius findet – wichtig sehr –
Eine Lampe – wenn auch schwer!
Freilich sagt er laut und klar:
„Meine Lamp' so schmutzig war!
Hätt' ich nicht an ihr gerieben,
Wär' sie ja auch ganz geblieben!"

Doch sein frecher Mund sagt nicht:
„Frau durft' putzen nicht das Licht –
Alles wegen der Gefahr –
Deshalb sie so schmutzig war!"

Luzius und die kaputte Waschmaschine

Luzius stets mit finstrer Miene
Angst hat um die Waschmaschine.
Nutzen würd' man besser nie
Wertvolle Maschinerie!
Was man nicht gebrauchen tut,
Bleibt das ganze Leben gut!

Leider oft vonnöten ist,
Dass den Standpunkt man vergisst.
Denn nach Adam Riese ist
Schmutzig, was nicht sauber ist.

Deshalb muss – trotz großem Streit –
Waschen ich von Zeit zu Zeit.
Ist der Waschgang' dann zu End',
Prüfen **Luzius**' flinke Händ',
Ob die Schrauben sind noch fest,
Trickreich mit dem Spiegeltest,
Und dann ruckt und rüttelt er
Fest an der Maschin' so schwer.

Einmal gibt es einen Schrei -
Waschmaschine scheint entzwei!
Von der App'ratur ein Teil
Liegt in **Luzius**' Hand – nicht heil!

„Das hast Du kaputt gemacht –
Alles nun zusammenkracht!"
Schimpft der **Luzius** nun mich aus;
Und wir laufen aus dem Haus.

Holen bei dem Wirt am Eck,
Hilfe uns für diesen Zweck!

Ein Kneipier noch frisch und jung
Bringen wieder will in Schwung
Unsere Waschmaschine alt –
Dafür braucht er Werkzeug halt.

Doch inzwischen liegt im Bett
Unser **Luzius** dick und fett.
Werkzeugkasten – wertvoll sehr –
Liegt darunter – bitte sehr.

Schraubenzieher für den Mann
Wichtig ist – wie kommt man ran?
Kästchen rauszieh'n - das macht Krach –
Und da wird der **Luzius** wach!

Um sein Werkzeug kämpft verbissen
Luzius wider bessres Wissen.

Doch er weiß nicht, was sich tut
Draußen, während er drin ruht.

Vom Kiosk der Engel sacht
Mit der Hand hat ganz gemacht.
Was der **Luzius** voll von Wahn
Alles hat kaputt getan!

Luzius und sein Kampf mit der übrigen Menschheit

Kapitel 8

Luzius mit seinem Geld auf Tauch-Station

Auf der Couch brav ausgestreckt
Luzius hat sich zugedeckt.
Und er denkt ganz feste nach
Über all sein Ungemach!

„Wie ich's anstell', komm' ich nicht
Mit dem Geld ans Tageslicht.
Eingetaucht in Schuld und Zeche,
Paddle ich zur Oberfläche!

Wie macht es die Nachbarschaft,
Dass sie Geld zusammenrafft?
Auto neu und auch ein Haus -
Sieht nach faulem Trick mir aus!

Lieg' ich auf der Couch hier brav
Ahnungslos als dummes Schaf,
Macht die Menschheit drum herum
Manches Ding gefährlich krumm.

Doch im Leben – sei gescheit –
Hat ein jedes Ding zwei Seit'.
Besser ist es, ich bin arm
Als im Nacken der Gendarm!

Außerdem – ein gut' Gewissen
Ist ein sanftes Ruhekissen!"

Luzius und die Frau mit dem Schnurrbart

Luzius liebend gerne hat
Kioske in unsrer Stadt.
Rund um unser Haus allein
Gibt es derer ja schon drei(n).

Kiosk an der Alten Eck
Hat viel Bier und auch viel Weck.

Unter Männern alt und grau
Steht da oft auch eine Frau,
Die – sie kann es ändern nicht –
Trägt den Schnurrbart im Gesicht.

Deshalb Schnurrbart man sie nennt;
Und sie auch den **Luzius** kennt.

Wenn **Luzius** am Sonntagmorgen
Ablädt seine ganzen Sorgen
An Kurts Kiosk an der Eck,
Steht auch da die Schraubenschreck
Und gibt mit dem Schnurrbart zart
Luzius bitterbösen Rat.

Luzius sagt dann frank und frei:
Seine Frau so kränklich sei.
Darauf meint der Schnurrbart frech:
„Das ist ja Ihr eig'nes Pech!

In das Bett muss man sich legen
Und die Frau mal mehr bewegen!"

Als der **Luzius** dies gehört,
War er ganz und gar verstört.

Heim läuft er zu seiner Frau:
Nur nicht einem Schnurrbart trau!

Um die Menschen ungezogen
Macht man besser einen Bogen.

Gut jedoch ist an der Sach',
Luzius bleibt nun unterm Dach!

Ist auch gut der Wirt am Eck,
Nützt es nichts, steht da viel Dreck!

Luzius und sein fleißiger Nachbar

Luzius frech zum Nachbar meint:
„So, wie mir die Sache scheint,
Können niemals Sie aufholen,
Was ich beigeschafft an Kohlen,
Was an Arbeit ich vollbracht –
Muss man schaffen Tag und Nacht!"

„So", meint neugierig der Mann,
Was tun Sie am Tag so dann?"

Da meint **Luzius** ganz konkret:
„Aufsteh'n tu ich nicht so spät.
Ich mach' fünfundzwanzig Stück
Kniebeugen an einem Stück.
Und im Anschluss – gleich daran –
Dass ich bleib´ ein fiter Mann –
Mach' ich Box-Übungen dreißig,
Finden Sie das nicht sehr fleißig?

Und den Rest des Tages dann
Rauche ich – als ganzer Mann!"

Luzius und Jehovas Zeugen

Selten Menschen es versuchen,
Unsern **Luzius** zu besuchen,
Denn in seiner Höhle still
Wird gemacht, was er nur will.

Wenn ein armer Mensch mal schellt,
Gleich der **Luzius** schimpft und bellt.

Von Jehova Zeugen zwei
Waren eines Tags dabei,
An der Tür' mich zu bekehren
Und zu pred'gen ihre Lehren.

Fragen, ob ich könnt' ein Bild
Machen mir vom Teufel wild.

„Ja", sag' ich, „das glaub' ich schon,
Weil ich scheinbar bei ihm wohn!"

Da ruft plötzlich – ohne Grund –
Luzius aus dem Hintergrund:
„Selbst bin ich ja kriegsversehrt!"
Und die Zeugen machen kehrt.

Luzius und seine Massage

Der Herr Doktor hat verschrieben
Luzius brav Massagen sieben,
Dass er in dem neuen Bett
Nicht mehr so viel Schmerzen hätt'.

Die Massage will **Luzius** gern –
Aber nicht von einem Herrn!
Viel zu grob sei so ein Mann –
Wie kommt man an Weiber ran?

Wenn durchs Telefon er schlau
Fragt nach der Massagen-Frau,
Hört sich das doch komisch an
Aus dem Mund von einem Mann!

Deshalb **Luzius** trägt bescheiden
Weiterhin sein schlimmes Leiden.
Niemals lässt er einen Mann
An den zarten Körper ran!

Luzius und das Weib mit dem Stecken

Luzius auf der Straße geht.
Dort ein Weib beim andern steht.

Einen Wäscheständer grau
Trägt bei sich die Plapper-Frau.

Und zu Luzileins Neugier
Trägt sie einen Stock zur Zier.

Luzius nun bleibt einfach stehen
Bei den Weibern, um zu sehen,
Wie die mit dem Stock läuft weg -
Eilig, wie die Zung' vom Heck.

Luzius schreit ihr hinterher:
„Geh'n Sie doch zur Feuerwehr!

Nur Attrappe ist Ihr Stecken –
Weiber können dies aushecken.

Dass im Bus – mein lieber Spatz –
Sie bekommen einen Platz!"

Luzius und die Hunde-Sch. ....

Luzius draußen auf der Straß'
Hat zuweilen keinen Spaß,
Geht ein Mensch mit seinem Hund
Grad vorbei zu dieser Stund'.

Weiß er doch, dass Hunde sch. ......
Und zuweilen auch noch beißen.
Plötzlich – durch den Hundebiss –
Seine Hos' hätt' einen Riss.

Deshalb – sieht den Hund er weit –
Geht er auf die andre Seit'.
Von der Straße überquer
Hinterm Hundehalter her
Schimpft er so, dass man's auch hört,
Dass die Hunde-Sch. .... stört.

Richtig wär's, dass sie so teuer
Immer schon – die Hundesteuer.

Bild 11: „Luzius und die Elektrizität"

118

Luzius und die Elektrizität

Taschenlampen – ohne Frage –
Luzius braucht in jeder Lage.
Immer auf der Jagd nach Pech,
In der Wohnung sucht er frech
Mit der Lampe in der Hand,
Ob kein Loch ist in der Wand.
Ob die Stecker sind nicht locker
Und kein Bein fehlt an dem Hocker.
Ob ein jedes Ding perfekt
Und auch ja ein Rohr nicht leckt.
Diesem Taschenlampen-Schein
Kann nichts lang verborgen sein.
Manchmal gibt ein Birnchen auf
Seinen Geist im Tageslauf.
Dann geht **Luzius** in die Stadt,
Wo's so viele Birnchen hat.
Scheinheilig fragt er mich dann:
„Gehst Du heut' mit Deinem Mann?"
Um zu reparier'n sein Licht,
Lockt er mit dem Leibgericht:
Matjeshering – Zwiebelring –
Sind für mich ein lecker Ding.

Doch vor jedwedem Genuss
Kommt bei **Luzius** der Verdruss.
Noch bevor der Fisch im Magen,
Geht's dem Kaufmann an den Kragen.

Während in dem Kaufhaus unten
Man sich lässt das Essen munden,
Geht es über eine Trepp
Hin zu der Abteilung Nepp.

Dorthin nun der **Luzius** läuft,
Dass man ihm die Birn' verkäuft.
Oder besser – man tauscht ein,
Was für **Luzius** ist nicht fein!
Arme Leut', die Ihr verkauft,
Lauft vor **Luzius** fort – lauft, lauft!
Luzius - großzügig im Großen,
Kleinlich ist in kleinen Dosen.
Und die Elektrizität
Jetzt in seine Fänge geht!

Schon in allerkürzter Zeit
Der Verkäufer ist so weit,
Dass er – in die Eng' getrieben
Von **Luzius** verbalen Hieben –
Trotzig in der Ecke steht
Und sein Blick um Hilfe fleht.

„Zuständig bin ich nicht mehr
Für den Kunden – bitte sehr!"
Laut sagt's der Elektromann
Und schaut flehentlich mich an.

Ich – in jeder Lag' erprobt –
Hör' wie **Luzius** weitertobt.
Über eine Treppe steil
Unbemerkt ich runter eil.

Im Lokal an einem Tisch
Nehm' ich Platz und ess' den Fisch.
Dazu noch trink' ich ein Bier –
Da steht **Luzius** hinter mir!
Und – Triumph in dem Gesicht –
Zeigt er das erstand'ne Licht.

„Dieses Birnchen gab man mir
Ganz umsonst – das glaube mir!"
Frech schreit er es über'n Tisch –
Stecken bleibt im Mund der Fisch!

So ist, wer's mit **Luzius** hat,
Stets nach kurzer Zeit schachmatt:
Und gibt ihm –damit er still –
Immer das, was er auch will!

Luzius und seine Schwester in Hamburg

Luzius bei der Schwester ist.
Wird bei uns nicht sehr vermisst.
Seine Schwester – Herrin stets –
Macht, dass ihm nicht gut ergeht's!

Deshalb hört man jeden Tag
Durch die „Muschel" seine Klag':
„Diese Schreckenstyrannei
Bricht mir noch das Herz entzwei!

Nicht mehr länger halt' ich's aus
In dem fürchterlichen Haus!
Unten bin ich jetzt – sie oben –
Und lass sie alleine toben!

Herzensgut ist sie zwar sehr!
Doch ich darf praktisch nichts mehr.
Komm ich vom Balkon herein,
Muss ich ohne Schuhe sein!

Ess' ich Fleischwurst an der Eck,
Muss zuerst die Wursthaut weg!
Das Geschirr wird nicht viel nass,
Trinken wir aus einer Tass'!

Jeden Morgen gibt sie mir
Geld für grad drei Flaschen Bier!
Wenn Dein Mann paar Schritte geht,
Sie die Augen dann verdreht,
Dass es aussieht wie ein Fall

Für den lieben Doktor Knall!
Jetzt ist wohl die Uhr halbzehn,
Und ich wag' nicht raufzugeh'n!
Schrecklich Angst hab' ich vor ihr –
Besser trink' ich noch ein Bier.

Um den Block geh' ich herum
Bis ihr's oben wird zu dumm!
Jetzt die Uhr ist zehn vor zehn,
Und ich wag' nicht raufzugeh'n!

Wasserlassen vierzig mal
Würd' am Tag ich ihr zur Qual.
Dabei hat sie vollgemacht
Selbst den Eimer in der Nacht.

Geld hat sie mir hingeschmissen,
Ich soll mich nach Haus verpissen!
Mein Gebiss – in Arbeit noch –
Nachschicken würd' sie mir's doch!

Dies ist nun mein armes Los
In der Heimatstadt so groß!
Ach, das ist wohl auch die Straf',
Die mich für das Unrecht traf,
Das ich Euch hab' angetan,
Könnt' ich doch nach Haus' gleich fahr'n!"

Luzius sagt's durchs Telefon –
Diese Klage kennt man schon!

Luzius und die Rolltreppe

Luzius niemals nie vergisst,
Wenn er auf der Rolltrepp' ist,
Deutlich vor sich hinzusagen,
Was sich einmal zugetragen,
Als auf solchem Treppenstück
Sich ereignet gar kein Glück:

Seiner Schwester Freundin stand,
Fest sich haltend mit der Hand,
Auf der Rolltrepp' ahnungslos,
Als ein Weibstück riesengroß,
Über ihr verlor den Halt
Und sie dadurch wurd' nicht alt.

Die Geschicht', einst zugetragen,
Luzius liegt noch auf dem Magen.
Außerdem er möcht' erreichen,
Dass sich Angst und Furcht einschleichen
In der armen Leute Brust,
Die die Trepp' befahr'n mit Lust.

Deshalb ist es stets sein Trick,
Wenn benutzt er die Technik,
Sieht ein Weib er vor sich dicht,
Zu erzählen die Geschicht'
Von der Frau im Preußenland,
Die den Tod auf Rolltrepp' fand.

Luzius und die dunkle Glühbirne

Luzius wieder in der Stadt
Glühbirne gekauft sich hat.
50 Pfennig war der Preis.
Doch die Qualität ist Scheiß'.

Als die Birn' er will eindrehen,
Muss er leider Gottes sehen,
Dass die Stärke ist verkehrt
Und die Birn' ist so nichts wert.

„Dieser Saukerl, der Herr Willig,
Hat gemeint, die Birn' ist billig.
Dieser Kerl von einem Stück –
Nein, ich hab' ja gar kein Glück!

Was nützt mir die Billigkeit,
Wenn mir fehlt die Helligkeit.
Morgen bring' ich sie zurück -
Diesem Kerl von einem Stück.

Und die Frau hält noch zu dem,
Nein, das kann ich nicht versteh'n.
Dass man einem Rentner alt
Andreht eine Birn' so kalt!

Rentner kriegen gar kein Recht,
Aber der Direktor Schlecht!
Doch mit mir nicht – bitte sehr –
Morgen ich mich da beschwer!

Andre Rentner mögen schweigen.
Doch ich wird's dem Saukerl zeigen!"

Luzius und sein letzter Ausflug in die Arbeitswelt

Eines Tags die Zeitung schreibt:
„Welcher Rentner ist bereit,
Lichtpausen vergnügt und hell
Herzustellen auf der Stell?"

In der nächsten Nachbarschaft
Braucht man eine Rentner-Kraft.
Für die Pausen – ohne Frage –
Die man macht so alle Tage.
Wär' ein Rentner grade gut
Mit ein bisschen Arbeitswut.

Deshalb eines Tages frech
Luzius macht sich ganz schön fesch –
Geht mit Herzklopfen im Bauch
Zu dem Architekten Fauch.

Und weil er so proper ist,
Man ihn mit der Elle misst
Nur von außen – innen rein –
Sieht man nicht dem Luzilein.

Und am nächsten Morgen dann
Meldet sich der fesche Mann
Bei der Architekten-Crew,
Wo man einspannt ihm im Nu.

Was sich dort hat zugetragen,
Hört man abends **Luzius** klagen:

„Diese Menschen gar nichts taugen.
Mir ist völlig schwarz vor Augen.
Diese Hektik – Mütterlein –
Hält nicht aus das ärmste Schwein.

Ach, was bin ich froh von Herzen
Dass Ihr aufnehmt mich mit Schmerzen!

Ohne Logik war die Sach':
Alles, was gemalt vom Dach,
Kam ganz unten ins Regal,
Und zu meiner großen Qual,
Kam das Erdgeschoss nach oben.
Niemand wollte mich mal loben.

Nicht ein Stuhl war für mich da.
Einfach hieß es: „Mach' einmal!"
Eine Frau mit dicken Titten –
Ach, was habe ich gelitten –
Schmiss mir ohne Kommentar
Zeichnung hin – das wär' doch klar!"

Spindeldürr ein andres Weib
Machte wie zum Zeitvertreib
Abzüge an einem Band –
Wie ein Plättbrett sie da stand!

Unten reingesteckt die Paus',
Kam sie oben wieder raus!
Du kannst halten einen Aal –
Dies Papier ist eine Qual.
Das rutscht hin und her blitzschnell –
Scheint die Sonn' durchs Fenster hell,

Hat sie noch – mit ihren Stichen –
Das Papier total verblichen!

„Auf dem Blatt das Sonnenlicht",
Sagte einer, „das geht nicht!"
Und schlug mit dem Knie ganz schnell
Zu die Schublad' auf der Stell'.

Alles liegt nun kreuz und quer -
Nein, das mache ich nicht mehr!
Auf den Stühlen ringsherum
Liegen nun die Pausen rum!
Ich hab' sie wie dreckig Wäsch'
Einfach hingeschmissen frech!

Dann hab' ich gesagt ganz laut:
„Lächerlich, dass Ihr noch baut,
Wo doch in dem Erdenleben
Dauernd gibt es Erdenbeben!"

Als ich einmal hab' geschaut
Hinter einen Vorhang traut,
Wisst Ihr, was ich da gesehen?
Einen Kuchen sah ich stehen!

Nicht ein Stück hab' ich bekommen –
Gut, dass Ihr mich aufgenommen
Wieder im Familienkreis.
Draußen ist es mir zu heiß!

Luzius und das zarte Erdbeben

Luzius – auf dem Sofa grün –
Merkt ein leichtes Beben!
Draußen bunte Blumen blüh'n -
Luzius, der will leben!

Unter ihm die Erde ruckt.
Dies merkt auch die Frau,
Als sie grad die Suppe schluckt –
Luzius ist nicht blau?!

Diesmal nicht der **Luzius** wankt,
Nein, es ist die Erde!
Wenn die Erde auch noch krankt,
Da hilft nur Beschwerde!

Deshalb **Luzius** anruft schnell
Zeitung – Amt für Wetter –
Dass er fährt nicht in die Höll',
Spricht er mit Herrn Vetter.

Dieser hat es auch gespürt
Unter seinem Sessel,
Dass sich in der Erd' was rührt
Außer Rand und Fessel.

Luzius schnell sich fertig macht –
Tabaksbeutel – Brot –
Wenn die Erd' das wieder macht,
Gibt es große Not.

Schnell und clever läuft er dann
Raus aufs freie Feld –
Dass er weiterleben kann
Auf der schönen Welt.

Lebenslauf Petra Fritsche

Am 07. Februar 1959 wurde ich, Petra Fritsche, als einzige Tochter von Ingeborg und Ludwig Fritsche in Königstein / Ts. geboren.

Schon im Alter von 5 Jahren war Malen und Basteln mein schönstes Hobby.
Erst sehr viel später, als ich schon Gymnasialschülerin der St. Angela Schule war, trat das Malen immer stärker in den Vordergrund, und ich begriff, daß dies für mich die beste Möglichkeit ist, meine Gefühle auszudrücken und schwierige Lebenssituationen zu bewältigen.

Im Alter von 20 Jahren begann ich mein Architekturstudium, das ich 1986 sehr erfolgreich abschloß.

Von meinem Papa habe ich das Talent zum Malen geerbt, einen starken Willen, die Fähigkeit mich durchzusetzen und immer wieder aufzustehen, aber das Wichtigste ist:

Bemaltes Brotpapier und
Schokoladestückchen in
meiner Jackentasche.

Petra Fritsche